食之有味

方群

自序／小道大達

◎方群

《食之有味》是我的第十七本新詩創作，也是在交出八本縣市地誌詩後，結合「地誌」與「飲食」的另一種嘗試。《禮記．禮運》云：「飲食男女，人之大欲存焉。」吃喝是延續生命的根本，也是日常生活中的不得不然，這雖是最低層次的需求，但也是邁向更高層次的基礎，所以簡單歸簡單，實際上卻無法輕忽，極少數簞食瓢飲、三餐不繼的前賢固然值得尊敬，但倉廩豐實、衣食無虞往往才是支撐創作的源頭活水。所以飲食對大多數人也許是微不足道的每日作息，但若能細心品味、詳加考究，又何嘗不能體會出「治大國若烹小鮮」的相通法則，所以《中庸》提出「人莫不飲食也，鮮能知味也」，應該也是如此的感慨。

自有記憶以來我便不曾瘦過，三餐、點心、零食及飲料的享受，本是不可或缺的樂事，也是童稚生活的重點。但隨著年紀漸長，外出奔忙，由家庭、學校而社會，也從故鄉、遠方到異邦，逐漸了解在南北東西與種族國籍的飲食差異，這一方面來自既有的物資供給，另一方面也導源於烹飪手藝，於是差不多的食物，也能產生迥異及驚奇，縱然是在幅員有限的臺灣，也處處隱藏著意想不到的巧思和創意。於是就在這移動遷徙與飄泊踏查的實踐行動中，種種看似理所當然的吃喝選項，竟也成為另一本詩集的創作主軸，實屬寫作地誌詩的額外收穫。

《食之有味》的內容依區域分成七輯：

輯一：北境追奇，收錄基隆、新北、臺北與桃園的十一首創作。

輯二：中土尋芳，收錄新竹、苗栗、臺中、彰化與南投的十五首創作。

輯三：南國訪勝，收錄雲林、嘉義、臺南、高雄與屏東的十一首創作。

輯四：東海覓藏，收錄宜蘭、花蓮與臺東的八首創作。

輯五：外島探蹤，收錄馬祖（連江）、金門與澎湖的八首創作。

輯六：飯後種種，收錄正餐及點心外，包括咖啡、茶與水果等休閒飲食，合計十三首。

輯七：過海飄洋，則收錄海外旅遊過程的飲食經歷，合計十首。

全書七十六首創作，都是個人跋山涉水、親力親為的心血結晶，在一方風土的人情世故之外，也有一方飲食文化的形象與內涵。

縱然有不少人認為飲食書寫是難登大堂的俚俗之事，不過「雖小道，必有可觀者焉」。飲食文學大家費雪（M.F.K. Fisher）就曾對質疑者表明：「有人問我，你為什麼寫食物和吃喝之事？你為什麼不跟別人一樣，寫寫為權力和安全感而奮鬥，寫寫愛呢？……，在我看來，我們對食物、安全感和愛這三項基本需求，是如此混雜交錯、緊密結合，以致我們一想到其中之一，就一定會想起另外兩項。是以，當我寫到飢餓時，我寫的其實是愛與對愛的渴求，還有溫暖以及對溫暖的熱愛與渴求……」。孔子也說：「詩，可以興，可以觀，可以群，可以怨。」飲食雖是日常瑣事，但經由詩人的萃取、提煉、濃縮、昇華，也或許能從飯麵粥湯、牛羊豬雞、魚蝦蟹貝、菜蔬花果與飲料點心的品味咀嚼，體驗出小道大達的平凡驚喜。

「食之有味」的發想是源自《三國演義》第七十二回「雞肋者，食之無肉，棄之有味」的典故。飲食是維繫生命的根本，而除了是對熱量與營養的增益補充，也寓含色香味形意的多樣呈現，所以俗諺云：「富過三代，才懂吃穿」，也是對飲食博大精深的深切慨嘆。有智慧的人不僅知道該吃什麼，更知道該怎麼吃；有創意的詩人也應該知道該寫什麼，更知道該怎麼寫。飲食的滋味雖因人而異，但文學的感染或許可以有同聲相應、同氣相求的回響。期待這本聚焦在吃喝歷程的飲食詩集，除了對現實與記憶的感動抒發，也能帶給諸位一些與不期而遇的愉悅及啟示，在詩意縈繞的文字之間，也在生活起居的飲食內外。

CONTENTS

輯二

中土尋芳

輯三

南國訪勝

輯四　東海覓藏

輯五　外島探蹤

輯六

飯後種種

輯七

過海飄洋

輯一

北境追奇

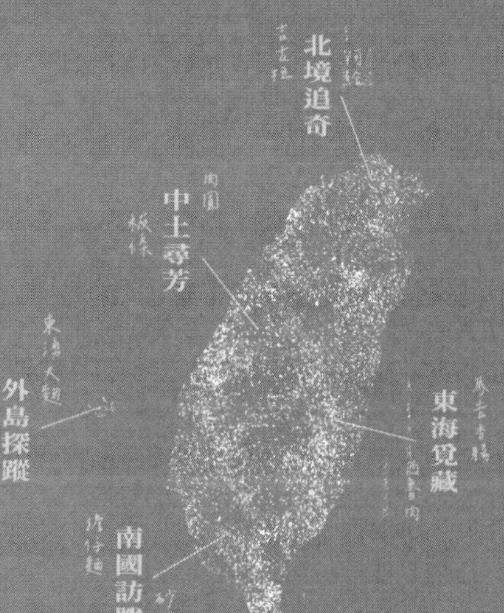

基隆庶民美食組合

．之一　乾麵＋燒賣湯．

與扁平麵條追逐時間距離
混合油脂醬料不能妥協動搖
比想像更單純的嚼勁復刻記憶
簡單守護腸胃從暗夜到破曉

浮沉江湖的兩個滑頭功底深厚
搶灘登陸瞬間碾壓布陣的辣醬油膏
浸漬皮膚肌理緩緩吸納湯水精髓
剛柔並濟軟硬兼施展現陸海絕招

‧之二　蔥油餅＋餛飩湯‧

搜尋街巷如烈日垂涎
小小酥脆的個頭零落崩裂
濃縮滋味歷經油煎火烤
凝鍊身形徜徉水闊山高

揉搓人生以半透明的宇宙包容
分離相思塗抹昨夜誓言的邂逅
連夜喧鬧的腸胃總這樣被偷偷喚醒
清點寸寸孤單摩擦的哀鳴

・之三　豆干包＋魚丸湯・

起源都來自瀕海的多元想像
但不想和流浪的阿給牽連糾纏
天生豐富充填飽滿內涵學養
源源不絕點燃紅塵慾望能量

那是與波紋寄存的默契凝望
翻騰跳躍任性舞步帥氣巡航
寄存一葉愛恨徘徊的細膩粗獷
流轉夢與現實緘默的口舌交歡

鼎邊趖

雪白在來米漿
沿熾熱滾燙的鼎邊
緩緩滑行

守候目光唇齒
山珍海味擠在小小的圓，相逢
華燈初上

看遍來往的晨昏四季
數盡起落的刮風下雨
在擁擠熱鬧的懷舊廟口

一寸寸烙印歲月的鮮美記憶

基隆小吃六寫

・之一　大腸圈・

難以消化的黏膩思念
層層堆疊
肺腑坦然的五味雜陳

・之二　蔥油餅・

烈火炙燒的輪迴
是千里飄香的煎熬
反覆逆襲

・之三　吉古拉・

以鋼管的舞姿緩緩旋轉
裹上古銅色肌膚
親吻潮水起落

・之四　三明治・

彷彿一次無端冒險
在眼睛和嘴巴的想像故事
鼓動味蕾巡航

・之五　泡泡冰・

任性選擇口味色彩
用青春攪動
暫存永恆的凝結歡笑

・之六　珍珠奶茶・

碰撞的童年一直泡在茶裡
只有吵鬧的吸管可以搜尋
載浮載沉的祕密

七堵美食五題

・臭粿仔湯・

循環穿梭鼻腔口腔
不好意思說的
心底體會

・營養三明治・

一樣曲折的隊伍
逶迤等待
街前廟口的孿生招牌

·咖哩麵·

比膚色更深的渲染
彈牙後的矜持
不曾質疑

·麵線·

濃稠的纏綿姿勢
包裹保溫
蟄伏莫名的忐忑驚喜

・粉圓冰・

珍珠般滾動著
半透明的夏日
碰撞 BINGO

寧夏夜市美食隨筆

・豬肝湯・

掏心掏肺的尋尋覓覓
最勞碌的隊友
習於沉默

・蚵仔煎・

靠海的思念
迅速結晶
隨機散布黏稠偽裝

·臭豆腐·

繼續追逐
嗅覺味覺相投不厭
對眼的海

·麻油雞·

標榜熾烈
油裡來火裡去的探詢
忘卻寒燠

・芋丸・

偶遇爭吵
自我膨脹的目擊現場
吞噬人龍

・飯糰・

囤積角落
以斜切的銳利角度衝撞
包裹圓滿

·豆花·

成熟的豆
採摘的花
綻放在或熱或冷的村莊

臺北偽異域美食

・蒙古烤肉・

彷彿是天圓地方的塞外風光
一只車輪大的鐵鍋
堆積人間成熟渴望
瞭望長筷率性翻炒
快速成熟片段的相聲奇想

‧四川牛肉麵‧

伙房的辛辣腔調
輾轉退伍無從考據的涕淚匯聚
從滔滔長江的上游，迤邐
東海落腳的漂移島嶼

‧天津蔥抓餅‧

鐵鏟鋼板撞擊敲響
搓揉靈魂
延展身世
乾烙一片片莫名的鄉愁

‧溫州大餛飩‧

包裹累積財富
起手氣度非凡
身軀飽滿浮沉晝夜鹹香
林立的招牌睥睨街巷

淡水小吃漫興

・阿給・

與靜默朝夕相逢
以山的起伏吐納
海的翻滾騰湧

・魚丸・

過度延長的臆想
習慣用鄰里調味
徜徉曲折街巷

・鐵蛋・

熬煮潮汐歲月
浸潤青春時光
回憶黝暗滑溜的鏗鏘

・蝦捲・

縱身火熱
宣誓向心的不悔堅持
彷彿，有海的遐想

‧霜淇淋‧

以螺旋堆疊纏繞，繼續
以一〇一的姿態，以螺旋
堆疊纏繞，繼續以螺旋堆疊纏繞……

‧酸梅湯‧

陣陣酸澀的深處回甘
是夕陽舉杯道別的
餘溫想像

新北鐵道美食四寫

‧鶯歌壽司‧

總是期待古老的陶瓷敲響
翻過夕陽的遲暮瞭望

在鐵軌與鐵軌的問候間
慈祥關切撫慰
歸人遊子交錯的垂涎吞嚥

・四腳亭排骨麵・

短暫的凝眸留駐
溪水流過淙淙的麵與湯
至於那些沉溺肢體的碰撞及擁抱
有時親密
有時疏離

・瑞芳龍鳳腿・

來不及喊燙的夾道陣仗
臨摹一路婉曲的鏗鏘

饕餮臨朝
聽小小攤販以銅板敲響
改元登基的瞬間絢爛

・福隆便當・

微笑曲線搖晃臨海邊界
迷失假裝矜持的隱蔽腸胃
提籃裡的呼吸埋藏了飢餓的鬧鐘
六面封印的結界咒語
逗引車廂北往南來的慣性共鳴

新明夜市美食七帖

‧之一　瘋壽司‧

瘋狂的創意不停追逐，關於
壽命延長的無私祕訣，交易
司空見慣的垂涎結局

‧之二　鳳梨蝦球‧

定位出類拔萃的極品龍鳳
口味接近流連高山的水梨
觸感驗證戶籍的生猛龍蝦

下鍋起鍋微笑地發球接球

‧之三　橙汁排骨‧

在天空懸掛一顆顆思念的柳橙
難過的眼淚轉瞬變成泛黃的微酸果汁
排除筋絡醃製沁入底層萬千滋味
骨氣矜持以烈火懸念一心

‧之四　一口肉圓‧

一丁點兒的慾望，呼喚
口腹間的回響
肉體的喜悅由夜色承擔
圓滿巡行的修煉旅程

·之五　波蘭甜點·

波濤起伏般不停撞擊鼻腔
蘭花的香氣包圍四面八方
眼鼻疲憊後甦醒繽紛香甜
省略驚嘆與疑問直接句點

·之六　冬瓜木耳露·

沒有淒厲徘徊的寒冬
瓜熟自落滾動豐滿人生
朝九晚五的平凡漸次痲木
耳提面命提煉秋分霜降白露

‧之七　龍鬚糖‧

龍行萬里盤桓編織萬千白鬚
糖意纏綿仰望雲彩化為金龍
鬚髮飛揚回憶童年甜膩似糖

龍潭夜市五味

・麻油雞飯・

麻煩隊伍蜿蜒一望無際，關於
油膩人生脂肪持續釋放
雞飛狗跳碰撞怨懟，乞求一口
飯菜的溫存擁抱

・潤餅・

以滿滿蒸氣重複加濕溫潤
涵容眾生挑剔的透明的餅

．刈包．

刈的讀音與指涉無法精密考據
包括誤用的歷史習慣覆蓋本義

．豆乳雞．

相思寄託成一顆小小的紅豆
讓愛戀晃漾交融彷如水乳
晨昏失魂陷溺呆若木雞

·黑糖粉圓·

渾圓晶瑩的黑
浸漬飽滿如蜜糖
妝鏡塗抹胭脂水粉
千年守候指掌的團圓

石門活魚十吃

・一吃：鮮魚湯頭・

從頭開始，凝望
海洋的任性悠遊
在魚羊間頻頻對望……

・二吃：香酥魚塊・

烈火焚燒鼎鑊
直達地獄的無間救贖
笑傲紅塵斑駁

· 三吃：豆瓣鮮魚 ·

沁入肌理的深沉發酵
爆香忐忑呼吸
滑溜鑽透肺腑

· 四吃：糖醋活魚 ·

甜蜜的庶民基底
附帶少許妒忌提味
生存的美好，見底

・五吃：蒜泥魚片・

赤裸的辛香嗆辣
周旋鼻腔
細剖生活的切面想像

・六吃：清蒸鮮魚・

雲來霧去
汩汩昇華的清白靈魂
現身人間告解

‧七吃：三杯魚塊‧

斟酌定量的酒精盛裝
腸胃不堪負荷
蹣跚江湖醉漢

‧八吃：宮保魚丁‧

加官晉爵後
鮮紅翻攪
點綴平步青雲的搖頭擺尾

‧九吃：豆酥蒸魚‧

氤氳的三溫暖
胴體橫陳平躺
對比脣齒品賞

‧十：豆醬肚膛‧

隱藏肚腹的晦暗心事
等待麻痺後的調味
諦聽，腦海回響

輯二

中土尋芳

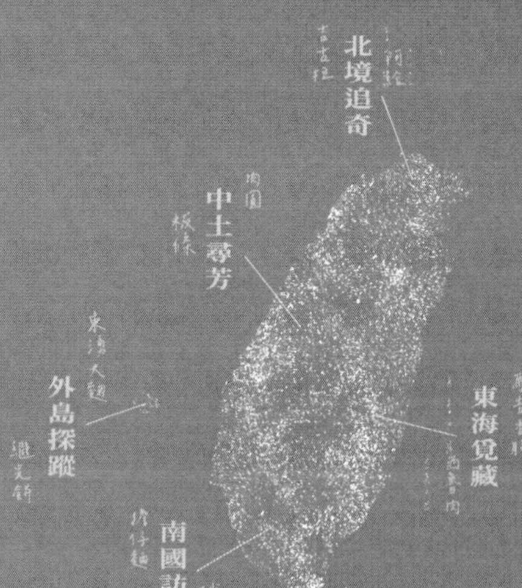

湖口老街小吃四品

・月光餅・

拎起一袋透明皎潔
包容泥土孕育的
黃褐芳香

・芋泥・

鬆軟的記憶
周旋綿密鄉情
依偎腳踏車的漫行軌跡

·豆花·

種什麼樣的種子開什麼樣的花
以光陰周旋
微笑的臉

·碗粿·

沉澱後翻轉
水洗白皙的細緻容顏
點綴艱辛顆粒苦鹹

新竹城隍廟美食巡禮

・肉燥飯・

謹慎閃躲香菜與酸菜的埋伏
（還有胡椒粉的降臨）
關於尷尬的身分命名
由肉體決定

・摃丸・

就這樣不停地搥打
飽滿後的滾動塑形，印證

歲月彈性

．水蒸蛋糕．

種豆南山的悠然，化身
鹹甜氤氳夢幻
舒坦雲霧無邊飄渺

．潤餅．

隱約透光的純潔視野
包容
轆轆飢腸的海味山珍

・燒麻糬・

水深
火熱
搶灘後的翻滾
易容變身

・芋泥球・

男子漢般地面對面
以不可思議的角度
對決衝擊

客家美食印象

·粄條·

潔白舒坦的華麗變身
與山珍海味刻骨盟誓
或乾或湯

·梅干扣肉·

重度醃製濃稠記憶
勾引體香豐腴曲線
翻身橫陳

‧薑絲大腸‧

故意諧音電影劇情
撕咬快感
以另類的味覺衝突，挺進

‧鹹蛋苦瓜‧

半鹹半苦的探索
總是當年離家食譜的
循循善誘

·客家小炒·

約定俗成的鼎鑊祕技
打造族群稱號
喚醒喉舌回眸

客家點心三寫

．擂茶．

細細研磨碧綠芬芳
穿過時光長廊
頻頻回望

．牛汶水．

浮沉沾黏記憶
悠遊黑糖與薑汁的戀曲
纏綿脣齒

‧冰沙‧

半凝固的誘惑胴體
詮釋多變姣好的視線
翻攪人間情慾

苑裡市場美食

·之一　炸雞·

適合遙控預約
火爆灼熱擁擠垂涎的
市場序列

·之二　肉圓·

半透明的豐滿內涵
油溫沉浸滋潤
色彩點綴繽紛

・之三　魚丸・

如歲月輪轉碰撞
周而復始
沒有稜角的
海的滋味

・之四　煎包・

滋滋作響地率性翻身
點染春雨頻頻召喚的
日出印象

苗栗街頭美食

·水晶餃·

有些尷尬的
透明
刻意
洩漏飽滿春光

·大肉圓·

過度擁擠的蒼穹
以鹹辣整裝

包抄
齒牙久候的陣仗

・餛飩・

若隱若現的拖曳白紗
精巧裝飾
環肥燕瘦的個頭
沐浴碗盤

大甲美食五寫

・煎包・

隨興俯仰側臥
來不及散失的灼熱體溫
隨鑊氣漫遊

・燒餅・

燜燒隱藏
包裹堆疊
一寸寸抵抗碎裂的輕蔑

‧粉腸‧

或冷或熱
摻雜翻滾跳躍的鹹辣
環繞透視人生

‧米糕‧

制約銅牆鐵壁
禁錮鬆散的江湖規則
入味滑溜塵世

‧綿綿冰‧

搓揉一顆顆寒冷的星球
在炎夏的宇宙
無悔捨身救贖

廟東夜市四寫

‧菱角酥‧

水底來，油中去
妄想瞬間的酥脆
幾許溫存

‧排骨麵‧

穿越碗筷布陣
迂迴航行溫熱漣漪
巡弋巷尾街頭

．肉丸．

以顏色調配
塗抹澱粉的Q彈時態
誘惑人間

．鹹蛋糕．

低溫隱晦的慶生模式
基本鬆軟甜美
嘗試鹹酸試煉

臺中第二市場美食隨筆

·菜頭粿糯米腸·

沒有理由的習慣搭檔
澱粉與澱粉攪拌
和醬汁聊聊閒逛

·紅茶·

固定比值的甜
在冰與冰的間隙穿梭
沁涼說法

·魯肉飯·

軟硬交叉完美切割
掩護熱量逆襲
低調生活的巷弄伏擊

·蔴薏湯·

揉碎的綠
黏稠季節在地限定
酷暑無聲融解

·意麵·

糾纏盤桓的蜷曲舒坦
按壓彈性任意開闔
乾湯徬徨兩難

·饅頭·

日復一日，駐足
總是偽裝青春制服的
點心說法

·長崎蛋糕·

複製異域醞釀的甜美
低溫飛行後
與咖啡擁吻

彰化美食系列

‧焢肉飯‧

環肥
燕瘦
都是適合咀嚼的姿態

不必拘泥地形
毋需等待友軍
迅速展開飢餓的衝鋒陣形
以迅雷的速度
掃蕩殘局

·肉包·

過度發酵的童年
總是臃腫形象鋪陳

想像的初心飽滿如常
宏觀丹爐煉化的溫溼調控

·鹹糒糬·

沒有甜美纏綿內涵
虔誠生活一樣圓滿
千錘百鍊堅忍韌性
轉眼也有隨遇溫柔

・貓鼠麵・

也許是世仇追逐
化作盤飧交疊的和平

潛行的暱稱不能明說
鐫刻鄉野饕餮的耳鬢絮語

・涼圓・

夠熟的老朋友，指掌
毋須熱絡

冷靜後的回眸，檢視
庭院清溝
輾轉的舊旋律，沉澱
人情寥落

鹿港市場小吃三寫

·湯芋丸·

或乾或溼的喧鬧變身
黏附著
味道的海

·麵線糊·

繼續糾纏
人間濃稠的欣喜不捨
以流體表達

‧粉粿冰‧

融化的驕陽，漸次
折射雙瞳
想像光滑的撫觸Q彈

田中美食筆記

·蜜麻花·

如ＤＮＡ環繞訴說
四季鏗然的
甜膩碎屑

·蒸餃·

仙氣縈繞
彷彿得道成仙的符籙
預言人間

・高麗菜飯・

善惡的日常叫喚
邂逅泥土外
依偎成熟芬芳

・豆花・

以冰雪堆疊覆蓋
王者幻化的隱藏姿態
燠熱退散

北斗美食四寫

．炸物．

羅列神明垂憐
火裡奔竄
油中翻騰
撐開滿嘴香脆

．碗粿．

昇華純潔幻境
冷靜之後，聚攏

滑行口腔冒險

・肉圓・

從洪水的災難誕生
兌換時光無窮恩典
繁衍一張在地的傳奇名片

・三明治・

限定召喚
無法抵禦的獨尊夾層
埋伏凝望

日月潭名產隨寫

·茶葉蛋·

周而復始地浸泡著
風土人情的不傳祕方
交付歲月讚嘆

·曲腰魚·

容易忽略的外型
以弧線丈量
天子的神祕腰圍

·香菇·

撐起
一把
日月
的傘
在潮濕溫暖陰暗的小小宇宙裡
一把
日月
的傘
撐起

·紅茶·

細數微動漣漪
靜謐後的沉思
如寶玉映現
喉的光潤

埔里小吃四則

‧米粉‧

風吹日曬的身世經歷
難免粗獷
晨昏飢腸頻頻催趕
穿街過巷

‧肉圓‧

以鍋盆低溫撫慰
成熟裡外

布施大地饗宴
饕餮流水人生

・鹹油條・

告別虔誠信仰
偽裝洋派的擁擠熱狗
欣然劃開枷鎖
自在橫陳漫遊

・湯圓・

鹹甜組合成湯
湯是無垠包容的真相

顏色大小化圓
圓滿五彩斑斕的穹蒼

輯三

南國訪勝

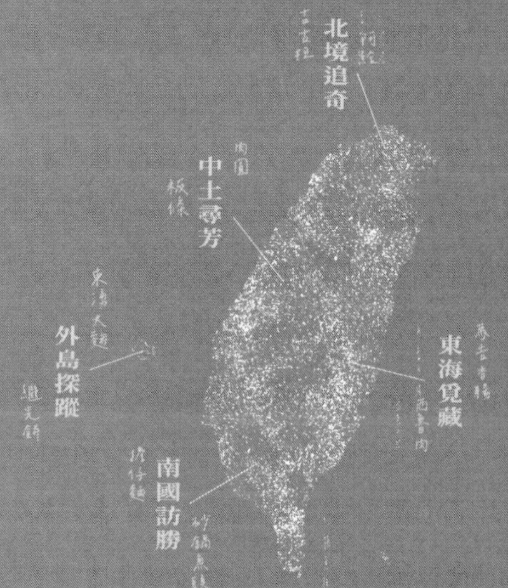

西螺美食速寫

・九層粿・

細膩累疊的變身
以銳利口感
凌遲味蕾

・綜合湯・

隨興沉浮
周旋湯碗
與季節萍水相逢

▪鵝肉飯▪

飽滿的戰事將落幕
頻頻衝鋒的腸胃
硝煙仍殘留

▪麻糬▪

習慣親吻童年的溫存
可以沾黏翻滾
可以包覆旋轉

斗六美食三則

・炊仔飯・

過胖的偽裝米糕
埋伏街巷桌椅
喜歡有層次的閒聊
習慣以溫熱華麗現身

・魷魚嘴羹・

口對口的期待，適合
親吻，適合

交纏，適合
以濃稠的流體力學
環抱

・碗粿・

擺脫五花八門的誘惑
以扁平小木棍裁切挖取
期待盛世太平

北港小吃五寫

‧麵線糊‧

麵的完美偽裝
線段切割滾燙滋味
糊弄人生百態

‧鴨肉羹‧

鴨般悠遊
肉慾浮沉鮮甜，以
羹匙和諧

·煎盤粿·

煎臺飛速滑行
盤飧堆疊晨喚，彷如
粿的純粹

·假魚肚·

假裝無瑕替代
魚兒徜徉脣齒覬覦的深海
肚納喜怒悲歡

·狀元餅·

狀況莫明的科舉高溫
元件是四方賀喜匯聚的
餅餌朝聖

嘉義美食隱題五帖

‧雞肉飯‧

雞飛狗跳地追逐
肉絲舞動眼眶，等待
飯與嘴的短暫交歡

‧方塊酥‧

方方正正的規矩，隱含
塊壘阻滯的隱藏痼疾
酥麻，難以抗拒

·米糕·

米的多樣變身，以
糕點的姿勢標售姓氏

·沙鍋魚頭·

沙石環繞青春
鍋底總有些玄機盤桓
魚群俯仰穿梭
頭頭是道在街巷相逢

‧美乃滋涼麵‧

美貌半遮半掩
乃喚醒喉頭的不安蠢動
滋味緩緩出手
涼意沁人的白皙，橫陳
麵的赤裸

嘉義米食四首

·煎粿·

早已熟透的精緻
仍不停翻滾
燥熱焦灼的感受

·米糕·

可以定型
可以隨興
留存庶民的濃淡鹹香

·碗粿·

隱藏的身世
凝結風聲迴旋調味
埋伏舌尖驚喜

·麻糬·

總是黏稠絮語
捆綁若即若離的思念
不絕如縷

府城美食散策

・牛肉湯・

推開稀微晨光
邂逅一鍋的熬夜滾燙
人生，不宜全熟

・菜粽・

比想像簡單
沒有爭奇鬥豔的配角
素樸自帶芬芳

·水晶餃·

桑拿之後
故意坦白的幾分赤裸
總是怦然

·小卷米粉·

分割的身軀依然
悠游
鼎鑊的海

牽掛脣吻間
糾纏一列列慾海情愛

·鱔魚意麵·

靜靜躺著圓扁的契約
期待烈火點燃

酸甜比例的迷離身世
只能以勾芡化解

·棺材板·

生死之間
微縮成這廂紅塵百態
安享自在

‧土魠魚羹‧

油炸後的綿密包藏
徜徉羹湯

米粉飯麵都能談談
貫串南北肚腸

‧碳烤土司‧

剛起床的爐火仍躺著
緩緩烙印時光

夾起成熟的古老組合
隱藏青春口感

．冬瓜茶．

幫浦不停湧動
吸吮深褐的沁涼漩渦
夏去冬來

．白糖粿．

擁擠的糯米列隊等待
躍出油鍋喧鬧
誘惑曲線玲瓏

擔仔麵

當呼嘯的季風吹起
艱難的日子該如何維持生計？
挑起擔子前行
沿街叫賣生意
飢腸轆轆的約定，徘徊
影的氣息

聆聽穿梭的聲音搖晃靠近
端起一碗小小的湯麵
溫飽一夜久久的懷念
所有的疲憊寒冷將消失融解

感恩這一頂閃耀府城的美食冠冕

橋頭小吃四寫

・米糕・

沿記憶探索
經歷水深火熱的完美塑形
是雙眸垂涎
是脣齒思念

・肉燥飯・

如季節的盤算逗引
熟悉又陌生的灼熱相遇

淋漓快感難以拒絕
裸裎肌膚直接刺激

·咖哩鮪魚羹·

漸次融化的南方膚色
亂入米粉嘮叨
以濃稠翻攪
悠遊這一面海的回響

·肉包·

內涵鹹淡調整成寒暑比例
歲月靜好總是豐滿如昔

嬌嫩雪白肥瘦不用挑剔
親吻角度由慾望自行選取

鹽埕美食速寫

·肉粽·

奮力嗅聞後院廚房的水煮節令
縫隙裡珍藏著流浪的歌謠
點綴南方空降的瑣碎花生粉
驅趕無端攀爬的牽連油膏

·圓仔湯·

凝聚偶遇鮮嫩
冷熱與四季在此相交

一切美好彷如星球運轉
期待恆定的冥想軌道

・滷味・

分列巷口左右問候
徘徊眼光持續搜尋
反覆熬製的沉浸
瀰漫縈繞燈火的祕方甘香

・三明治・

夜色悄悄點燃爐火
慾望層層色彩交錯
隨興放置簡單繁瑣

葷素不拘愜意樂活

‧豆花‧

吹彈可破的細膩，輕輕
滑過自由墜落的甬道
是多少光陰研磨過濾
呵護這無瑕醇厚

東港印象

·之一　櫻花蝦·

東瀛武士的飄零刀法
散落青春斑斑血痕

太過渺小的探詢
是舌尖回味的尷尬觸點

．之二　黑鮪魚．

不能止息的沉潛追逐
印證生命的價差
隱藏死亡的洄游潮汐
劃開一地流淌的慾望海域

潮州燒冷冰

你是雪，層層
飄落南方遙遠傳說
對映熊熊烈火

你是火，隱隱
包藏異域甜膩相容
融解靄靄冰峰

持續以劇烈溫度衝突
身心震盪
震盪身心
以劇烈溫度持續衝突

你是火，融解靄靄冰峰
你是雪，對映熊熊烈火

輯四

東海覓藏

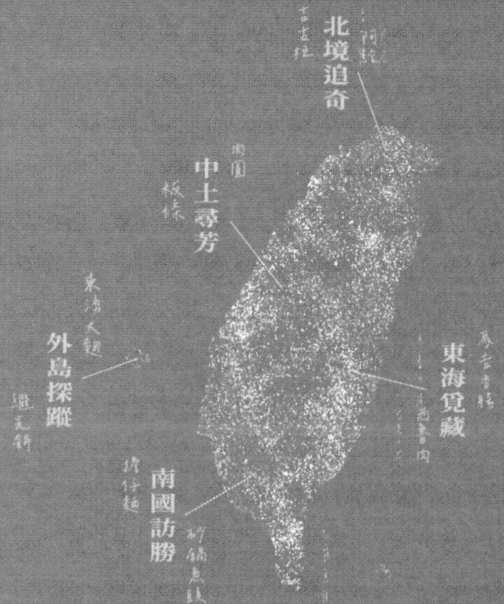

頭城美食

・茶葉蛋・

一路蜿蜒的傳奇
烹煮歷史
滿足肚腹暈眩空虛

・麻醬麵・

在微溫的碗中
沉默等待
邂逅年少熱情的麵條

・芋冰・

凝結平順綿密相遇
簡易的甘甜
滑出童年的單純思念

礁溪美食

・蔥油餅・

郵局外的人龍左右纏繞
不為郵票信封不為存提匯款
只有鐵鍋中翻滾沉浮的等待
娓娓訴說未來

・八寶冬粉・

彷彿是透明的歲月穿越
過多的酸甜香辣渾濁人生

不能簡單的簡單
終究遺失無法回味的悸動

・肉包・

板凳倒數
揭開專注追逐的號碼
當列車踱過凝眸的平交道
胃腸聆聽寂寞的無限回響

宜蘭美食

・貓耳朵・

輕靈起落
聆聽透明鏗鏘
生命飽滿

・紅糟魷魚・

氽燙之後
修長身影悄悄穿過
亮麗的名字卻徘徊良久

‧蜜餞‧

總有些意外竄出
濃縮四季列隊交疊
比甜還要甜的另一種甜

‧綠豆沙牛奶‧

清涼降火與溫潤調和
一杯盛夏的渴望
匍匐味蕾的調色盤

‧嘟好燒‧

一口剛好
以夜色包裹油炸
在陸橋的肩膀漫遊年少

‧西魯肉‧

混雜童年山珍海味
在拮据的年代懷想
跨越時間廊道

羅東美食

・龍鳳腿・

傳說的珍藏不容置喙
油鍋爆裂腹部下側的肥美

・肉焿・

濃稠也好清淡也罷
若隱若現的裸露坦誠相對

·臭豆腐·

口鼻極端的對比激情
幻化人生

·糕渣·

善於偽裝的軟嫩溫吞
是一團燙口的熾熱

·羊肉湯·

想念的時候總會溫馴地回來
封存中藥味道

・包心粉圓・

山盟海誓的回首相遇
無法以昔日的體溫去冰

花蓮美食俳句八首

·公正包子·

庶民齊讚揚
飽食不怕荷包傷
銅板叮噹響

·周家蒸餃·

生意喜相連
包子蒸餃同一邊
好吃不斷線

・液香扁食・

王侯也聞香
千里下馬莫匆忙
玉液賽瓊漿

・炸蛋蔥油餅・

暴雷伴烈火
五味調和在鼎鑊
解饞盼油鍋

・鋼管紅茶・

舒爽沁心涼
百丈直下笑客商
紅玉透寒光

・海埔蚵仔煎・

鐵板任煎熬
夕陽蜿蜒無限好
饕餮常圍繞

·包心粉圓·

滄海納乾坤
盤中天地自渾沌
珠圓又玉潤

·一心泡泡冰·

綿密化冰霜
風急雨狂也難擋
美味口腹藏

花蓮鄉鎮美食俳句八首

・佳興檸檬汁（新城）・

酸甜沁心涼
回味百般總懷想
點滴在異鄉

・馬告香腸（吉安）・

野味賽胡椒
尋幽訪勝靈光照
原名稱馬告

‧滿妹豬腳（鳳林）‧

難忘好味道
山林飄香誰不曉
總是為豬腳

‧韭菜臭豆腐（鳳林）‧

相伴益彰顯
海濱逐臭莫嫌遠
美食藏奇險

・糖廠冰棒（光復）・

回首望童年
千思萬想滴垂涎
歷歷在眼前

・涂媽媽肉粽（瑞穗）・

站外恆飄香
簡單搭配顧胃腸
車來又人往

·玉里麵（玉里）·

夕陽無限好
輕鬆果腹是麵條
前行路迢迢

·廣盛堂羊羹（玉里）·

甜膩似蜜糖
狀似方正烏金棒
玉里廣盛堂

臺東美食三寫

・東河包子・

東方直射的陽光蒸煮記憶尋找
河水切穿縱谷計算奔波的寒暑
包裹人間溫暖的回旋調和鼎鼐
子孫傳承開啟白胖的幸福臉龐

・池上便當・

池水起落一如小城的舒緩喘息
上下的遊客依然相約往來進出

便利環島的鐘聲喚醒相思敲打
當仁不讓的招牌聳立村里城鄉

·卑南豬血湯·

卑微臆度一寸寸迷離染紅眼眶
南方的熱情容易凝結稚嫩遐想
豬一樣的生活隱藏了生死瞻望
血月浸染毛骨悚然的肌膚顫抖
湯湯水水遊走車馬喧鬧的肚腸

臺東小吃四題

·湯圓·

翻滾季節鹹甜
隱藏內心種種
離合悲歡

·米苔目·

雪白纏綿篩選
塑形線段
熟成一縷縷偽裝麵條

‧地瓜酥‧

踩碎一地落葉繽紛
在思念飢餓的季節
頻頻，刺穿耳膜

‧綠豆蒜‧

習慣以咽喉盤點
類水仙的姿態
乘除加減的形神模仿

輯五

外島探蹤

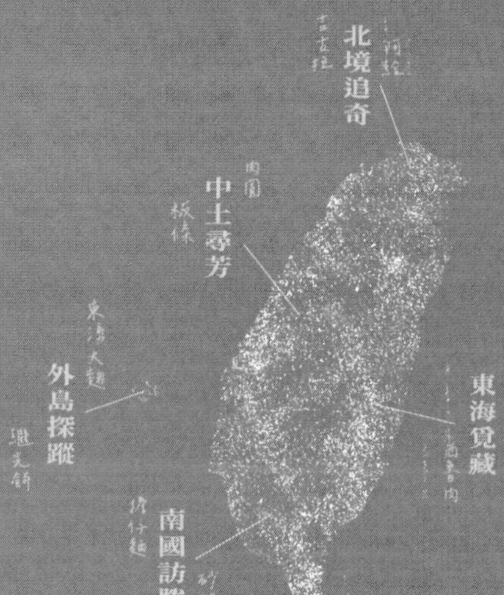

馬祖美食巡禮

・鼎邊糊・

濃稠地混雜，一匙匙
攪拌熾熱歲月的
甘鹹

・繼光餅・

穿越殺戮戰火
懸吊的轆轆飢腸
有種吞嚥的過乾阻塞

·佛手·

不必頂禮膜拜
在岩礁或灘頭
以腸胃渡化眾生

·竹蟶·

隱藏柔嫩的纖纖玉指
是淘洗生命的
勞碌奔波

‧老酒黃魚‧

敲開腦海凝結的回味
悠遊洋流酒精
漫步味蕾天堂

‧紅糟鰻‧

用昨日的夕陽渲染
炸一鍋大海的油
纏綿爆香

・魚麵・

某種相逢異鄉的心悸
穿越浪的洶湧
匍匐麥的律動

・地瓜餃・

讓砲彈耕耘貧瘠的泥土
暗無天日地蔓延
時代的味道

解憂三味

．馬祖老酒．

難以回味的陳年
以記憶糯米堆積
那些融入眼底的風雲

．東湧大麴．

一把鋼刀
筆直切開嘴巴喉嚨胃腸及呼吸
瞬間，燃燒

・青島啤酒・

以輕薄的鋁罐
偷渡海峽的金黃氣泡
今天，陽光清淡

馬祖二餅

‧蜥餅‧

彷彿有海的聲音，流連
層層澆灌的灼燙幸福

在油鍋，沉沉浮浮
浸潤一寸寸青春肌膚
如貴妃出浴
懸吊一絲絲的黏稠渴望

依然有海的聲音，徘徊
風捲殘雲的指尖回味

·光餅·

承繼歷史的榮光
串連團圓的餅

包山包海包人情
發酵黎明昇起的單純
包南包北包東西
隨意添加凡塵的香辣鹹淡

光影的眼角仍不時窺探
餅食飽足古今的硝煙傳奇

金門美食八寫

・廣東粥・

腸胃仍是如此寬廣
　奔波南北西東
就是這一碗期待的粥

・鍋貼・

　燃燒的鐵鍋
包裹一夜的纏綿體貼

・炒泡麵・

烈火快炒
翻攪鬱悶的沉思浸泡
揉合思念的麵

・牛肉乾・

彷彿是剛剛回眸的牛
隨意咀嚼的肉
將記憶擰乾

· **貢糖** ·

傳說翻山越嶺的進貢
是一顆顆真心凝聚的糖

· **麵線** ·

餵飽肚腹是單純的麵
纏繞情感是交疊的線

· **燒餅** ·

以故鄉的炭火緩緩燃燒
　烘烤疼惜的餅

·刀削麵·

亮晃晃的鋼刀
率性切削
一碗浮沉紅塵的麵

雞頭　魚尾

總是欣然接受這樣的升等
小小宇宙繼續輪迴
穿梭杯觥領空
在微醺的航道自在探索

酒酣耳熱之後
我們浮潛在意識模糊的島
擺動記憶傾訴的親潮
呼吸圍繞宮殿棟樑的的彩色泡泡

註：在飲宴活動中，當全雞被端上桌時，雞頭所向，就是該桌主賓，被對者必須乾下高粱，再用筷子折斷雞頭，同桌才能開始享用。全魚上桌時，也需重複之前的步驟，這是金門特有的筵席文化。

澎湖美食八首

·飯糰·

緊緊集結的埋伏兵力，等待
飢餓軍團衝鋒吶喊

長夜胃酸鼓譟
碾壓無情熱量的逆襲

咀嚼一場豐盛的戰役
頹然豎起白旗

・燒餅・

小小的夢想就這樣烘烤
肚腹溫飽

煦煦升起的微焦笑臉
朗聲喚醒一天希望

・炸粿・

浮潛油鍋
以自在的舒坦姿勢
翻滾目光

陣陣飄香
誘人的站姿引逗
野性嘶吼

·花枝丸·

粉身碎骨的重塑
滾動印象紅塵
一顆顆渾然飽滿
和諧繞行宇宙

·小管麵線·

整片大海的遼闊鮮甜

以歲月的滋味
濃縮

穿梭遊客貪婪的目光
期待門窗問候
纏綿脣吻

·蒸牡蠣·

煙霧裊繞
童話的簾幕悄悄揭開
遺棄僅有的嶙峋保護
裸裎面對生死

·XO醬·

美味沒有是非
對錯由心決斷

九宮格裡隨機組合
浸潤山海的完美邂逅

·黑糖糕·

以濃厚形象衝撞眼眶
以馥郁香氣襲擊鼻腔
以鬆軟內心融化想像

日日陳列島嶼陽光
夜夜蒸煮鄉愁芬芳
在一方靜謐的孤寂天地
微笑將夢想包裝

澎湖美食隱題六首

・燒肉飯・

燒燙的慾望無法停息
肉的世界橫陳
飯的宇宙隱匿

・魚麵・

魚的體味交纏匯聚，以
麵的軀體重生

·蔥油餅·

蔥的嫩綠隨意凝視
油的清香徘徊縈繞
餅的酥脆咀嚼迴盪

·藥膳蛋·

藥物不能治癒
膳食崩解的記憶，惟
蛋的撫慰可以平息

‧牛雜湯‧

牛一樣的脾氣
雜亂堆疊
湯湯水水的珍寶尋覓

‧手工麵線‧

手打的誠意
工序繁複無庸贅言
麵的心意虔誠
線的Q彈展現

澎湖冰品四首

・仙人掌冰・

燃燒的季節
瞬間以桃紅帷幕
凍結

彷彿是封印的魔法
溽暑的腳步衣袖
無聲遠離

・檸檬汁・

極限的挑戰
自頭頂到腳底經脈
隨興亂竄

總是這樣忌妒的日常
吃醋沒有邏輯
酸澀誰敢阻擋

・豆花・

如棉花柔軟
綻放

島嶼白雲的鋪展

夏日的逗點在糖水跳躍
翻過融化冰山
就是故事停泊的港

·嫩仙草·

溽暑的征伐，轉進
兩岸陰涼埋伏
窸窣聲響

輕易的代價叮噹敲響
何必羨慕比翼鴛鴦
寧願人間徜徉

輯六

飯後種種

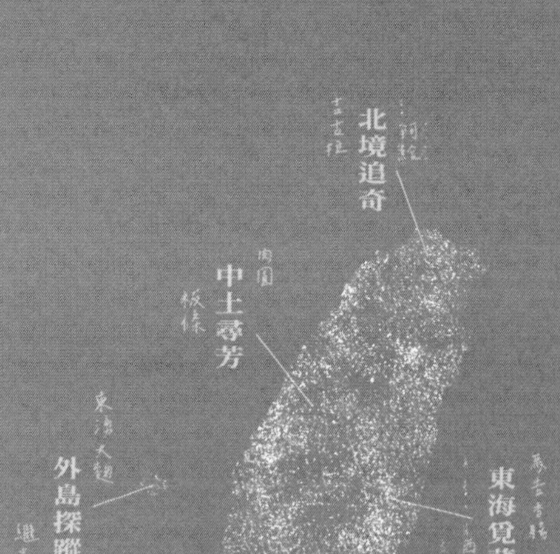

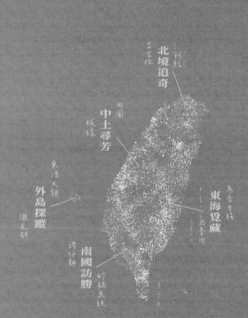

用一壺烏龍占領生活

用力唱生命的歌
一種與驕傲討論的寂寞
壺裡歲月醞釀，某種
烏黑雲霧升起
龍一般的圖騰
占據遼闊土地
領導疲憊百姓
生生不息地
活出回甘的自己

下午茶應該有自己的性別

下一場雨吧！
午後陽光隱匿了
茶香盤桓桌際絮語
應允的承諾
該由誰先說？
有些幸福的歌聲，總想
自在飛翔
己所不欲
的青春虹彩
性是什麼徵候，千萬
別說——

銅鑼茶廠三品

・東方美人・

來自迢迢的千里遠東
喚作福爾摩沙的地方
水舞的姿態如此優美
彷彿芬芳回味之佳人

・蜜香紅・

以歲月凝萃甜蜜
放任小綠葉蟬咀嚼留香

映照滿面豔紅

·烏龍·

烏黑肌膚沉思縈繞
龍騰飛升昔日豪情

咖啡四帖

・一・

在脣吻間，告解
氤氳的人事假象，品嘗
瀰漫的酸苦情仇

・二・

像一顆流浪的方糖
在黝黑容顏中
釋放甜美

・三・

我的坦白
是澀後回甘的
青春雀斑

・四・

旋轉的舞姿
沒有掌聲，喚醒
纏綿後的空虛胃腸

過霧峰熊與貓咖啡

熊在吧台後方煮咖啡（貓也是）
客人們忙著幫太陽加熱
沸騰整個下午的琴聲

K書的孩子佔領了二樓
剛烤好的餅乾沿著樓梯跑上跑下
彷彿一首路過卻沒有押韻的詩

午後的迴廊會有很多笑聲，我們
蜿蜒記憶歇腳的曲折長巷
瞭望三三兩兩停靠路人的體香

在風中，公路把車輛都甩在腦後
打造一面夢想招手的站牌
悄悄孵化滿街迎風的黃槐

訪忠信市場奉咖啡

應該還有些美的尷尬氛圍
孤單點綴市場的破落天空
你氤氳一杯夢想的黑咖啡
祝禱眼鼻口舌心意的安頓

夜色總是籠罩流浪的話題
擰不乾的淚水以臥姿滴落
輾轉無心流連的卑微蟲鳴
鐫刻一泓曾經承諾的杯盞

冰釀拿鐵

・冰・

凝結的淚
透現人生的冷冽
光滑無瑕

・釀・

孕育壓縮的
是人生百味雜陳的那種
情仇愛恨

·拿·

用手緊握
不願放棄的思念
誰來奉獻？

·鐵·

生硬的
鏗鏘稜線
閃爍雷神回音

嗜咖啡者

——兼寫寂寞的溫度

沉睡巷底的等待心情
顏色由淡轉深
霏雨氾濫的孤單午後
獨自和咖啡交換寂寞溫度
對坐某種期待之外的
茫然目光

悠閒的高跟鞋典雅踱過沉思的落地長窗
而寂寞一盞盞由指尖輕輕捻亮
日落之後

流浪在掌心的陣陣餘香
隨著深深淺淺的暮色風鈴
敲響
每一杯早已見底的
卡布奇諾夜晚

石城

——與咖啡觀海

海一樣的遼闊心事
隨咖啡冷卻光影歎息
帶點鹹的澀味與口感
容易在病變關節蟄伏隱匿

隨手攜來一座任性島嶼
以孤寂想像擺盪漂移
窗框裝飾凝結爬行淚水
攪拌無由情緒繼續碰撞透明

如果風願意這樣隨興翻譯
靈魂就可以無限制地摺疊扭曲
手機載浮載沉歸零未讀訊息
操控鏡頭遠近聚焦的竊竊私語

Espresso

寂靜的回聲濃縮成一杯不加糖的 Espresso
而我們依然緊緊相擁
梅雨季的午後，充滿躁熱菌絲
在所有憂鬱的額頭，靜靜繁殖
落地窗外，有人
期待迷路雲翳在眼角勾留
感動淬取淚滴
歡呼雷霆繼續震撼地平線的餘暉
怒火已化為煙靄，氤氳
盼望的深淺脈搏
重新觸發心電的循環週波

就這樣——
開始轉動開始研磨開始沸騰開始過濾……
然後，在無言的寂靜中濃縮
一杯不加糖的 Espresso

午茶三帖

・伯爵茶・

不知從何處世襲的爵位
撿拾的香氣
仍盤據整座飯店的午後

・蘋果派・

過度甜美的巧妙交融
依偎眼光
橫行浪漫的黏膩餐桌

・礦泉水・

最昂貴的清白身世
烙印飄洋過海的舶來尊嚴
不容質疑

水果四寫

‧檸檬‧

安安靜靜的
酸
彷如歲月殘念

‧葡萄‧

可能發酵的戀情
暗地裡
用青春醞釀

‧木瓜‧

那些年輕殘留的青澀
是中和惆悵的
回甘

‧香蕉‧

想像一種島嶼的弧度
陽光沐浴身軀
是福爾摩沙的姿態與芬芳

夏季水果四寫

・荔枝・

嬌豔欲滴
映照妃子千古的
凝眸

・芒果・

滲入內心橙黃體香
是遠渡重洋的遊子
氤氳芬芳

・葡萄・

無瑕的寶石
閃耀夜色
結晶歲月的闇黑戀情

・龍眼・

期待飛翔的完美慾望
在枝頭縫隙搖晃著
銳利夢想

輯七

過海飄洋

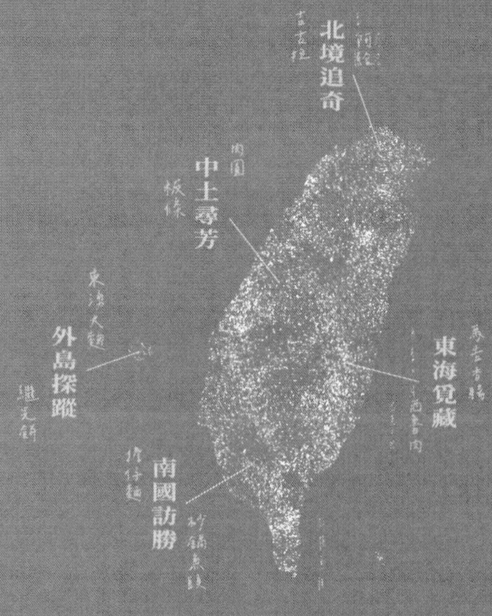

過揚州富春茶社

・燙干絲・

一清二白的無瑕背景
可能的滋味只在想像中
那些欲拒還迎的脣齒碰撞

・文思豆腐・

多少歷史的饕餮麇集
幻化成寸寸嫵媚白髮
在刀下，你無言飄落鄉愁

‧蟹黃湯包‧

緊密包裹鎏金歲月
在吸吮後鼓動浪潮
激盪五湖四海的澎湃

‧揚州炒飯‧

粒粒分明的愛恨情仇
以烈火鍛燒
用纏綿擁抱

·千層油糕·

層層堆疊起
幸福滋味的片刻溫存
如仲夏雪花消融

福建美食五種

‧荔枝肉‧

彷彿綻放
妃子嫣然的率性回眸

‧鼎邊糊‧

滾燙之後的滑溜
以鮮美的速度逡巡

・南煎肝・

細嫩爽脆
是麻油親暱的回鍋邂逅

・五香捲・

迴旋包裹調合
爆響鑼鼓的喜慶滋味

・佛跳牆・

周旋情慾的山海
浮沉品味眾生

北京甜點五品

·豌豆黃·

天子的臉龐
俯瞰萬民景仰
蘊藏平常巷弄芬芳

·驢打滾·

驢一樣悠閒地躺著
打眼裡來
滾肚裡去

·桂花糕·

思念徘徊
沾黏御花園的季節滋味
脣齒流連

·艾窩窩·

甜蜜的雪花層層落下
團團包圍
春夢初醒的繾綣

‧芸豆卷‧

聽達達馬蹄
捲起踏花歸去的餘溫
彷如雲的圖騰

香港美食十寫

·楊枝甘露·

普渡眾生的甜美
滋潤天地
化育萬物

·雲吞麵·

隱藏的白雲
是不知深處的目光
留駐

・煲仔飯・

燃燒的慾火，隔離
水的煎熬，炙燒
米的縈繞

・豬扒包・

麵粉與排骨相遇
是熾熱的激情擁抱
纏綿脣吻

·叉燒包·

穿透蒸氣
膨脹生命豐滿外貌
舒展甜美交會的盛宴

·車仔麵·

流竄街頭的美味
無聲咀嚼
勾串淪陷的擁擠腸胃

·腸粉·

誰說沒有牽掛？
習慣思念的盤飧
以單純包裹……

·冰火菠蘿油·

任性的冷熱想像
在味蕾拉鋸
兩岸的極端對戰

‧生滾粥‧

最最簡單的烹調
翻滾著
一輩子的愛恨飄搖

‧龜苓糕‧

從你深邃的眸子
我看見自己
日夜凝結的頑固味道

越南美食五種

‧法國麵包三明治‧

移植異國的浪漫
脣齒的愛戀
唾手可得

‧河粉‧

穿越氾濫的思念
那些香草群聚的氛圍
總是纏綿

．越式煎餅．

想像的千言萬語
是驕陽反覆炙烤的
煎熬季節

．生春捲．

還沒成熟的草率承諾
透顯卑微肌膚
點點穿透

‧麝香貓咖啡‧

精心消化的隨興糞便
從醜惡的排泄
提煉絕品

四國美食巡禮

・手打烏龍・

或湯或乾或熱或冷
與脣齒無盡的純潔鬥爭
還原簡單滋味

・霧之森大福・

柔軟且纏綿的限量感想
嘗森林的甜
嗅陽光的味

・炙燒鰹魚・

以稻草的狼煙警告
半生不熟的黝黑風華
饕餮美好

・抹茶蛋糕・

在無限延伸的萬千孔隙
味蕾的追逐
是甘與苦的和諧

·麝香葡萄·

淡化且透明的異鄉感情
選擇酸甜想像的
本性誘惑

手打烏龍

・搓・

輕重起落
風水交融
魂魄聚合今生

・揉・

力運指節
穴位隱現
昇華命運關鍵

·壓·

泰山崩裂
沉積縱橫
歲月發酵感情

·碾·

周而復始
流轉天地
相遇苦樂悲喜

‧切‧

等距思念
訣別纏綿
沸騰無暇純真

長崎美食三品

・什錦炒麵・

烈火煎熬的酥脆
傳說
以濃稠思念掩覆

・角煮饅頭・

熟悉的組合
是不成材的刈包外傳
流浪異鄉

・蜂蜜蛋糕・

伊比利半島的手藝
漂流九州風情
周旋過客的敏感心悸

福岡美食四種

・豚骨拉麵・

孕育青春潔白的濃郁
絲縷柔滑纏綿
征服思念

・一口煎餃・

烈火煎熬
俯視冰花蔓延的領土
酥脆凝結

·牛雜鍋·

偷偷收藏離鄉的滋味
鋪陳翻騰的久遠
交談脾胃

·明太子·

擁擠元氣細膩的堆疊
串串鹹辛的歷史
等待即位

金澤美食五寫

．沾麵．

超乎想像的濃稠心事
包裹夜色
不拘冷熱地向蕎麥告白

．金箔冰淇淋．

聚焦之後
以垂涎的姿態
纏繞尊貴的嬌媚冰霜

‧黑咖哩‧

深褐色的香辣沼澤
淹沒擁擠米飯
沉溺掙扎碰撞的不規則泡泡

‧和菓子‧

隱匿的滋味
在層層包圍的柔軟城牆
猜想驚喜

・蒲燒泥鰍・

不肯透露身世的焦黑Q彈
徘徊脣齒齟齬
雜陳五味

語言文學類　PG3001　秀詩人119

食之有味

作　　者／方　群
責任編輯／孟人玉、吳霽恆
圖文排版／黃莉珊
封面設計／魏振庭

發 行 人／宋政坤
法律顧問／毛國樑　律師
出版發行／秀威資訊科技股份有限公司
114台北市內湖區瑞光路76巷65號1樓
電話：+886-2-2796-3638　傳真：+886-2-2796-1377
http://www.showwe.com.tw
劃撥帳號／19563868　戶名：秀威資訊科技股份有限公司
讀者服務信箱：service@showwe.com.tw
展售門市／國家書店（松江門市）
104台北市中山區松江路209號1樓
電話：+886-2-2518-0207　傳真：+886-2-2518-0778
網路訂購／秀威網路書店：https://store.showwe.tw
國家網路書店：https://www.govbooks.com.tw

2023年11月　BOD一版
定價：280元
本著作由台北市文化局補助出版

讀者回函卡

國家圖書館出版品預行編目

食之有味 / 方群著. -- 一版. -- 臺北市 : 秀威資訊科技股份有限公司, 2023.11
面； 公分. -- (語言文學類；PG3001)(秀詩人 ; 119)
BOD版
ISBN 978-626-7346-36-5(平裝)

863.51 112016754